木菲尔不爱读书

萨斯奇亚·胡拉　著

田辰晨　译

新时代出版社

·北京·

著作权合同登记　　图字：军—2010—103 号

图书在版编目（CIP）数据

木菲尔不爱读书 /（德）胡拉著；田辰晨译.—北京：新时代出版社，2011.6

（小豆包开放书架）

ISBN 978-7-5042-1428-7

Ⅰ.①木…　　Ⅱ.①胡…②国…　　Ⅲ.①童话—德国—现代　Ⅳ.①I516.88

中国版本图书馆 CIP 数据核字 （2011） 第 064632 号

ⓒ 2007, Patmos Verlag GmbH & Co.KG

Sauerländer Verlag，Mannheim

Der Lesemuffel

by Saskia Hula and illustrated by Ute Krause

本书中文简体版权经由北京华德星际文化传媒有限公司引进

※

新时代出版社 出版发行

（北京市海淀区紫竹院南路 23 号　邮政编码 100048）

北京嘉恒彩色印刷有限责任公司印刷

新华书店经售

*

责任编辑：王晓丹　闫春敏　　责任校对：钱辉玲　　特约审稿：张　燕

开本 880×1230mm　1/32　印张 2　字数 30 千字

2011 年 6 月第 1 版第 1 次印刷　　定价 16.00 元

（本书如有印装错误，我社负责调换）

国防书店：(010) 68428422　发行邮购：(010) 68414474

发行传真：(010) 68411535　发行业务：(010) 68472764

小茵教你如何养乌龟——

春节的时候，小茵要离开北京一段时间，她不能带着小乌龟一起走。于是，小茵想起了一直留守在北京的二伯伯，也就是萝卜探长，请他帮忙照看自己心爱的小乌龟，并给探长写下养小乌龟的注意事项，就是以下这些——

1. 过一两天要给乌龟加水。
2. 当龟的水化浅社的时候要为它换水，清先里面的小石子。
3. 过2~3天要给乌龟食物，龟食要往龟箱较干的地方放。
4. 每次加水要没过它的脚。
5. 清洗乌龟时只要中下，不用很细地清理（凡刻很使死也造）。
6. 每天注意看着它，只要让它要安全就行。

接下来，你是否也要跟小茵和书中的木菲尔一样，想着该养点什么了呢？

（注：你们知道小茵是谁吗？不知道？那你一定听说过阿甲，就是那个会讲故事会翻译书，会给孩子编书，并跟探长一起开红泥巴网站的阿甲。没错，小茵就是阿甲的女儿。☺）

目　录

1. 几乎无所不能的木菲尔

木菲尔是个超级足球射手。游泳、潜水、爬绳他也会，他甚至可以爬到绳子的最顶端；木菲尔还会钉钉子、系鞋带、拿大顶；非洲鳄和短吻鳄、角鲨和双髻鲨他都能分辨出来；木菲尔还是全校速度最快的滑板车车手。总之，木菲尔几乎无所不能。

只有一件事木菲尔不是很在行，那就是读书。不过读书也不重要嘛！这事儿，所有人都会，而且还很无聊。只要一读书，木菲尔就头晕眼花，脚步沉重。只要把书刚一翻开，他就哈欠连天了。读书让人困倦，极度困倦！

然而，生活中最重要的事，木菲尔都能做得很棒。

如果从船上掉进水中，他自己就可以游到岸边；如果水里有鳄鱼袭击，他马上就能辨别出鳄鱼的品种，然后借助绳子安全地飞身到树上——在那儿，他还可以拿出几个大钉子，叮叮当当地盖个树屋。鞋带若是开了，他自己也能系上。

木菲尔认为，这些才是生活中最重要的东西！

2. 木菲尔应该多读书

真遗憾，许多人和木菲尔想的都不一样，比如木菲尔的老师舒女士，她会每周读一本书。真的！而且完全出于自愿。读书对她来说好像特别有趣。

木菲尔认为，每个人都应该做自己喜欢的事。就像他喜欢玩滑板车，妈妈喜欢烹饪，爸爸喜欢清洗自己的汽车一样。大家都有各自的兴趣爱好，这才正常。

可是舒老师并不这样想。

自己安安静静地读书就好

了嘛！可她偏要让别人也一起读，这样才会令她满意。这样，头痛的问题也就随之而来了。

每次妈妈去学校，舒老师都会说："木菲尔一定要多读书呀！他有自己的书吗？您陪他去书店吧！那里有不少好书呢！他过生日的时候送他一本书吧！圣诞节也送一本！阅读太重要了！阅读多有趣呀……"

妈妈早就听不进去了。

木菲尔也受不了她！

舒老师不会踢足球；游泳课上也只是站在一旁；她肯定不会爬绳子；也肯定分辨不出虎鲨和大白鲨有什么区别……说出来你有可能不信，她甚至都没穿过带鞋带的鞋子！

可是木菲尔却从来没有像舒老师一样喋喋不休，让她一定要练习这个，或者练习那个。

妈妈每次从学校回到家都显得十分沮丧。她站在木菲尔的书架前摇着头，不知道问题出在了哪儿。她深深地叹了口气，准备和木菲尔好好谈谈。

木菲尔有许多书，超级多！不过他更想要一个水族箱。不过这么多的书弄得房间里没有空余

的地方了！

　　妈妈严肃的谈话是这样开始的："你一定要多读书，木菲尔！真不明白你为什么会变成现在这个样子！以后每天抽出半个小时！我在旁边陪你！你读一页，我读一页。木菲尔？喂！木菲尔！"

　　木菲尔吓了一跳。他又困得不行了！

3. 木菲尔打喷嚏

妈妈对木菲尔严肃的谈话一点儿作用都没起。谁能和一个刚看第一行字就开始打瞌睡的人一起读书呢？妈妈得想些别的办法，可她又想不出来，所以只能张贴广告，求大家帮忙。

一张大大的广告贴在楼梯间的墙上。

有奖征集

这行大字先打头阵，妈妈又在后面继续写道：

谁能想出办法，

让木菲尔·茅斯读书，

就能得到茅斯家的一顿午餐！

午餐包括开胃汤、正餐和饭后甜点。

其他愿望也将一并满足！

欢迎所有人参加！

　　这张广告的第一个读者就是木菲尔。上面的内容毕竟和自己有关，所以阅读起来就不会像之前读书那样令人发困了。

　　"你疯了吗？"看完广告的木菲尔对妈妈说，"怎么可以随便邀请陌生人来家里吃午饭呢？"

　　"什么呀！"妈妈回答，"哪里有陌生人？这栋小楼里的人我都认识。所有邻居都很友好！"

　　可是木菲尔还是觉得妈妈的主意不咋地。谁

知道等待自己的会是一个什么样的结局呢！

不一会儿，敲门声就响了。站在门外的是三楼的纳侯蒂先生。他手里拿着一本厚厚的书——一本名副其实的大厚书！

"看看我给你带来了什么！"纳侯蒂先生把书伸到木菲尔的鼻子底下。

木菲尔打了个喷嚏，因为书上的灰尘太多了。

"这是我的老伙计，一本童话书。"纳侯蒂先生爱抚着那本书说，"我像你这么大的时候就开始阅读它了。"

木菲尔又不由自主地打了个喷嚏。他不喜欢童话书，尤其是布满灰尘的童话书。

可是除了收下，他又有什么办法呢？

　　"你一定会喜欢的！"说着，纳侯蒂先生就

把旧旧的童话书放在了五斗橱上，"代我向你母亲

问好！"

4.眩晕的木菲尔

下午三点有足球训练。训练可要准时参加，但做到这点也不容易。平时，木菲尔在三点之前总有很多事情要做，不过今天他想做个守时的人。两点四十五分，他就收拾好背包了："再见，妈妈。"木菲尔喊道。他背起背包，打开了门。

门口站着菲尔茨女士。和往常一样，菲尔茨女士戴着顶硕大无比的帽子，穿着高跟鞋。

"真巧，你在这儿！"菲尔茨女士递给他一本书高呼道，"我找到了一本非常适合你的书！"

好大一本！木菲尔咽了口唾沫。

"这是关于海盗的故事！"菲尔茨女士说，"你一定会喜欢！"

　　木菲尔看了看表，差十二分三点。时间已经很紧了。

　　"看看这些漂亮的图吧！"菲尔茨女士边说边把书打开，书中的图画很小，书中的文字更小，一页印得满满的，都快溢出来了。这样的一页纸上面至少有一千个字。

　　木菲尔眩晕起来。

　　"你不喜欢海盗吗？"菲尔茨女士不快地问。

　　"喜欢！"木菲尔回答，因为时

间真的很紧了！

他收下这本关于海盗的书，放在纳侯蒂先生的童话书上面。

"谢谢。"木菲尔礼貌地说，"可是我现在必须马上出门。"

"代我问候你母亲！"菲尔茨女士说完就踩着小碎步转身离开了。

木菲尔从楼梯间"咚咚咚"地跑下来，正好赶上电车。他纵身一跃就跳了进去，然后在下一站下车。三点钟，木菲尔已经站在了足球场上。球衣换好了，球鞋也系紧了。能够快速地系鞋带可真好！

5. 木菲尔没了胃口

木菲尔回到家，发现苏菲正在他家门口坐着。苏菲住在一楼，和木菲尔同岁。

"嗨，木菲尔。"苏菲说，"我有样东西要给你！"她指了指旁边地上放着的三本书：一本厚的，一本中不溜儿的，一本薄的。

"这些全都是和马儿有关的书！"苏菲说，"关于其他动物的我就没有了。不过马儿最棒！不是吗？"

木菲尔迟疑了一下，他其实不太喜欢马。马长着巨大的牙齿。如果有人从它们身后经过，这些家伙还会尥起蹶子踢人。相比之下，小鱼可爱多了。

　　"我好想学骑马呀！"苏菲无奈地说，"可是
我们家没钱。"

"嗯。"木菲尔听着。

"你知道吗？"苏菲继续说道，"自从妈妈又开始上班以后，我们就没吃过什么好吃的了！可是我家还是没钱，反正不可能有钱让我学骑马。我要是能在你家吃顿午饭就好了！我的书特别多，所有的都能借给你。那样我就可以在你家至少吃三个月的饭了！"

"哦。"木菲尔说。

"我得走了。"苏菲站起来，"再见！"

木菲尔目送着苏菲。忽然间，他觉得自己特别特别累。而且这种疲倦感跟刚才踢足球一点儿关系都没有。

木菲尔慢慢地拿起那三本书。他打开门，把背包扔到角落，把书放在菲尔茨女士的海盗书还有纳侯蒂先生的童话书上面。

木菲尔走进厨房，急不可耐地想吃点什么。最好能来两根蘸着芥末和番茄酱的小香肠，外加一大堆面包。

妈妈正坐在厨房里喝咖啡，旁边是三楼的赫茨希夫人。赫茨希夫人的两个双胞胎坐在木菲尔的乐高积木箱前面，他们兴高采烈地在箱子里翻来翻去，木菲尔上前看一眼都不行。

"看看，赫茨希夫人给你带来了什么？！"妈妈对木菲尔说，她手中至少拿了十本书。

"难道这不是很贴心吗？"妈妈求救似地冲木菲尔眨了眨眼睛，意思是"快说你觉得很贴心！"

木菲尔认为这一点儿也不贴心。他冷冷地瞅

着妈妈，一句话也没说就把书搬到了门厅。书堆

成的塔已经很高了！

"你不想吃点儿什么吗？"妈妈在厨房里喊。

可是木菲尔完全没了胃口，他只想去睡觉。

6. 木菲尔起了一身鸡皮疙瘩

第二天早晨，木菲尔就恢复了好心情。早餐真美味！

然而当爸爸指着一个大箱子说话时，木菲尔又开始头疼了。

"四楼的大学生把这个箱子交给我了。"爸爸说，"是给你的，不知道里面装着什么。"

不用瞧木菲尔也知道里面装着什么。他把箱子抱到了门厅，放在那堆书旁边。箱子特别重，就像里面放了二十本书似的。

木菲尔的好心情全被它给吸走了。

　　木菲尔走下楼时，纳侯蒂先生从房间里探出

头来。

"怎么样？"他喊道，"喜欢那本童话书吗？"

"哎！"木菲尔刚开口就被纳侯蒂先生给打断了。

"蓝胡子！"纳侯蒂先生兴奋地说，"这是我最喜欢的童话故事。其实它很吓人，是不是？"

"我先去上学了。"木菲尔回答。

"明白！咱们午饭时见！"纳侯蒂先生说。

木菲尔在街上遇到了菲尔茨女士，她刚从面包店买面包回来。

"怎么了，木菲尔？"菲尔茨女士高兴地问，"你今天看起来可不太好呀！难道一整晚都在看书吗？"说着，她便响亮地笑了起来。

害得木菲尔起了一身鸡皮疙瘩。

课间休息时，苏菲来到了木菲尔的班级。

"嘿！木菲尔！"她问，"你开始看我的书了

吗？"

舒老师竖起耳朵，关注地问："真棒，你能把书借给木菲尔看！他现在终于开始读书了？"

"当然！"苏菲说，"他读起书来没个够！"

舒老师欣慰地笑了。

"太好了。有时和家长严肃地谈一谈还是有用的。"

7. 木菲尔敢于尝试

十二点，学校放学了。

木菲尔慢悠悠地穿上衣服，每只运动鞋都系了两次鞋带。他把刚刚脱下来的便鞋整整齐齐地摆放在长椅下。而且还检查了一次，看自己有没有把算术本装好。

出了学校大门，木菲尔就看到了站在一旁咬着辫子玩的苏菲。

"你还没有回答我的问题呢。"苏菲说，"到底有没有看我的书呀？"

木菲尔摇了摇头。

"你不喜欢马儿？"苏菲问。

"不太喜欢。"木菲尔回答,"可我最不喜欢的还是书!"

苏菲失望地瞅着他。

"真遗憾。"苏菲最后说道,"你确定自己不

喜欢书？"

木菲尔点点头。

"好吧！"苏菲说，"那就没办法了。原本还以为能和你们一起吃午饭呢！一个人吃饭真没意思啊。"

"总比和所有的邻居一起吃要好！"木菲尔默默地回答，"今天纳侯蒂先生、菲尔茨女士、赫茨希夫人和她的双胞胎，还有四楼的大学生一定都在我家吃饭呢！同你比我也好不到哪儿去！"

"真的？"苏菲怀疑地问，"你已经读了这么多书了吗？"

"我一页都没读。"木菲尔回答，"可他们谁在意呀！"

"你妈妈一定会告诉他们的。"苏菲说。

木菲尔摇摇头。

"我妈妈才不会呢！她总是过于礼貌了！"木菲尔叹了口气，"今天她肯定又做了辣椒鸡。只要家里来了很多客人，她就会做这道菜。我讨厌辣椒鸡！"

苏菲想了想，有了个主意："要是愿意，你可以在我家吃午饭。"

木菲尔也想了想。"我以为你们家没东西吃呢。"他困惑地说。

苏菲也深深地叹了口气，说道："其实没有，但我们可以做一些嘛！难道你不会做饭？"

木菲尔没说话。做饭他还真不会，因为总是妈妈给他做。可是不会做饭又怎么了，只要敢试一试不就行了！这和跳水时从三米板上蹦下来一个道理。

于是木菲尔回答说："好主意。"

苏菲笑了。

"真棒！"她走到木菲尔身旁，两人肩并肩地往家走。

幸好其他孩子已经回家吃午饭了，木菲尔心想，他们不会看到自己和苏菲正肩并肩地走在一起。

8. 木菲尔有个主意

苏菲的家又小又乱。

"你想吃什么?"苏菲问,"我会做字母汤、炒鸡蛋和麦粒粥。可是麦粒用完了。你会做什么?"

"麦粒粥。"木菲尔赶紧回答。

苏菲歪着头忧虑地说:"那就剩下字母汤和炒鸡蛋了。我差不多每天都吃这两样。"

"炒鸡蛋不错。"木菲尔接茬儿道,"妈妈总说不能吃太多的蛋,所以我家几乎从来不吃

炒鸡蛋。"

"好。"苏菲看起来高兴多了,"爱吃就好……

是你炒还是我炒？"她问。

"你做吧！"木菲尔回答,"我摆桌子。"

可是摆桌子也不容易，因为桌子上高高地堆满了东西，连一个空出来的角落都没有。上面还立着咖啡杯、早餐盘和花瓶，画簿、信件和书籍也挤在了上面。当然，桌上的大部分东西都是书。

木菲尔看着就晕。

"你家没有书架吗？"木菲尔冲着厨房喊。

"有！"苏菲叫道，"可是书架也满了！你就先把桌上的书放到地上吧！"

木菲尔开始收拾桌子，他把书整齐地摞在地上。有关马儿的书放在这一摞，烹饪食谱放在那一摞；旅行手册放在这边，侦探小说放在那边。木菲尔满意地打量着一摞摞的书。这时，苏菲也端着炒鸡蛋过来了。

"可惜面包也没有了。"苏菲说，"希望咱俩吃完这么多的炒鸡蛋不会感到难受。"

正相反，两个人吃完一点儿也不难受。

"你知道吗？我有个主意。"木菲尔吞下最后一块炒鸡蛋说道，"我可以把我的书架送给你。它几乎是空的，你干脆也把我的书一起搬走好了！"

苏菲摇摇头："你妈妈肯定不会同意的！"

"那是当然的！"木菲尔说，"不过就算她不

同意也没关系！"

"那好吧！听你的。"苏菲回答。

　　"我们最好还是不要让她看见！"木菲尔提

醒道。

　　苏菲慢慢地点了点头说："秘密行动。"

　　"对！秘密行动！"木菲尔说。

9. 木菲尔想起来了

木菲尔悄悄地打开门潜入了门厅。

客厅的门是虚掩着的。木菲尔透过门缝看了看：饭桌前坐着纳侯蒂先生、菲尔茨女士和赫茨希夫人，她的两个双胞胎正在看电视。

"木菲尔什么时候回来？"纳侯蒂先生问。

妈妈从厨房里探出头，看上去有些六神无主。"他马上就回来了。"妈妈说，"这孩子有时候就这么磨磨蹭蹭的。不过没有他，我们也照样开饭。辣椒鸡马上就好！"

木菲尔溜回大门口，招手让苏菲进来，两个

人悄无声息地穿过门厅。木菲尔房间的门"吱"

地响了一声，还好没有人听见。

"先把书拿开！"木菲尔小声说。

"拿到哪儿？"苏菲小声问。

木菲尔漫无目的地四下瞅了瞅，最后小声说道："最好放到床底下，放那儿不碍事。"

所有书都放到了床底下，这回轮到书架了。

多亏书架不是很大，苏菲推，木菲尔拉。与此同时，客厅里的人把辣椒鸡全都一扫而光。

纳侯蒂先生说:"真是太美味了,茅斯夫人!"

"您一定得把配方给我!"菲尔茨女士说道。

木菲尔做了个鬼脸。

苏菲嘟起嘴,瞪着眼,屁股一扭一扭地模仿起来。她的样子几乎跟穿着高跟鞋的菲尔茨女士一样。

木菲尔忍不住笑了起来。

苏菲扭得更欢了,停都停不下来,差点把书架都弄翻了。

木菲尔和苏菲终于把书架抬到了楼梯间,此时,两人早已汗流浃背。

困难才刚刚开始,他们怎么能把书架从楼梯间抬下去呢?

忽然,他们听到了脚步声,四楼的大学生走了下来。

"需要帮忙吗？"大学生问。

苏菲点点头。

"抬上来还是抬下去？"大学生举起书架。

"请抬下去吧！"木菲尔在前头带路。大学生把书架放在了苏菲家门口。

"你已经把水族箱安置好了？"大学生问。

木菲尔摇了摇头，心想：什么水族箱呀？

"它不是特别大。"大学生说，"不过刚开始养鱼，那个大小也足够了。如果你想要小鱼，请到我那儿。我刚好有几条小翻车鱼。好了,再见！"说完，大学生就离开了。

"你什么时候有水族箱了？"苏菲问。

木菲尔也摸不着头脑："不知道。"

可是忽然间，木菲尔好像想到了什么。他丢下苏菲和门口的书架，噼里啪啦地往楼上跑。门

厅的五斗橱上放着那摞书塔，旁边是又大又重的

箱子。木菲尔把纸箱上的胶带扯下来，原来里面

放的不是书，而是一个水族箱！

10. 木菲尔有了空余的地方

妈妈这时走到门厅。"你在这儿哪！"她说，"那么长时间你跑哪儿去了？饭都凉了！我们正在喝咖啡呢！"

"我得到了一个水族箱！"木菲尔叫道，"不可思议，妈妈！"

"真好！"妈妈说，"你看看，融洽的邻里关系有多么重要。要不是我和那个大学生说你对养鱼感兴趣，他就把水族箱带到跳蚤市场上卖了！你现在想吃点什么？辣椒鸡已经吃光了。"

"我要先把水族箱放好。"木菲尔回答。

妈妈闷闷不乐地摇摇头。"把它摆放在哪

儿？"她问，"你的房间里一点儿地方都没有了！"

"哎呀，没问题！"木菲尔费力地捧着沉重的水族箱走进了自己的房间。

没有书架的房间看起来空空如也，可是木菲尔把水族箱放到哪儿好呢？怎么也不能就那么简单地放在地上吧！

妈妈也跟了进来，手里拿着一个大个儿的香肠面包。她把香肠面包递给木菲尔："你得读些……我的天啊！你的书架跑哪儿去了？"

"我把它送人了。"木菲尔小声嘟囔着。

"你把它怎么了？"妈妈叫道，"你是不是不正常了？快告诉我，你把它送给谁了？什么时候送的？刚才书架还在这儿呢！"

多亏老天爷让门铃在这时响了起来。妈妈冲到门厅，打开门。外面站着苏菲。

"你好，茅斯夫人！"苏菲有些不知所措地往门里瞧。她原以为会是木菲尔来开门。

"啊！"妈妈喊道，"我懂了！我全明白了！

你们知道的，这样不行！"

苏菲懂事地点着头："我也说过，一开始我就和木菲尔说了。"

这下可好了！木菲尔心想。不过他才不想再把书架费劲地弄上来呢！书架实在太重了！正想着，厨房门开了，所有的客人都走了出来。

"今天的聚餐真是特别棒！"赫茨希夫人一边把双胞胎拉到前面一边说。

"这不是我们的木菲尔吗！"菲尔茨女士大声地喊道。

纳侯蒂先生问："现在给我们讲讲，你把书读得怎样了？"说着，他的眼睛就注意到了水族箱，"噢！真好看！一个水族箱！我还不知道你有水族箱呢！"

"我也是刚刚才得到的！"木菲尔回答，"可是我不知道应该把它放在哪儿。"

　　"就为了这个，他把自己的书架都送人了。"
妈妈不高兴地说，"你们能理解吗？"

　　菲尔茨女士和赫茨希夫人忧心忡忡地摇了摇
头。

　　"真不巧！"纳侯蒂先生说，"书架正适合放
水族箱，只要它不是特别高就行！"

　　"我的书架很高。"木菲尔闷闷不乐地回答，
"它太高了，不适合放水族箱！而且苏菲需要书架，
我根本就不需要它。"

　　"你当然得有个书架，"妈妈说，"舒老师会
怎么想！"

　　"请您让我看一眼书架好吗？"纳侯蒂先生
挠着下巴说。

　　"当然了。"妈妈恼火地问木菲尔，"书架现
在到底在哪里？"

木菲尔带着纳侯蒂先生下楼去苏菲家，其他人也跟着。只有那对双胞胎在楼梯间里尖叫着跑上跑下。

纳侯蒂先生从四面打量着书架。"全木的。"他高兴地点着头，低声说道，"绝对没问题！"

纳侯蒂先生转身对妈妈耳语，木菲尔什么也听不到。妈妈犹豫不决地摇晃着脑袋。

"哎！我不知道……哎！我不知道。"

最后，妈妈终于发话："好吧！只要您觉得行……"

纳侯蒂先生看着她笑了。

"请相信我！"说完他就忙活起来。

"噢！这么晚了！"菲尔茨女士大惊小怪地叫着，和大家告了别。

赫茨希夫人和妈妈握了握手，追赶着她的双

胞胎离开了。

"你们两个现在去做家庭作业！"妈妈对木菲尔和苏菲说，"你也跟着一起来，苏菲！这样我至少知道你们在搞什么鬼！"

11.木菲尔得到了一个小礼物

一个小时以后，敲门声又响了起来。门外的纳侯蒂先生手拿半个书架。

"难以置信！"妈妈脱口而出，"您真是一个艺术家！"

纳侯蒂先生高兴地挠着自己的光头说："另一半在楼下。"

现在，书架的高度正好适合放水族箱。木菲尔心满意足地钻到床底下，把书拿了出来。不可思议！这些书也有地方放了！

"我真的可以把另一半留下吗？"苏菲问。

妈妈叹了口气说："你看到了，那一半我们拿

来也没什么用。你想不想再挑几本门厅五斗橱上

的书呀？"

"当然了！"苏菲回答，"当然想！"

一周后，水族箱里装饰一新。箱底铺着洁白的沙子，漂亮的石头和一段树根也被木菲尔放到了水里，此外，他还为水族箱买了几根水草。小小的翻车鱼在水中惬意地游来游去。水族箱盛大开张！

为此，木菲尔请来了四楼的大学生和纳侯蒂先生，当然还有苏菲。

妈妈做了各式各样的小面包，供客人享用。

四楼的大学生名叫米奇，他不喜欢吃香肠面包，但奶酪面包却是他的最爱。

纳侯蒂先生惊讶地看着水族箱，还时不时满意地抚摸着那半个书架。

苏菲最后一个到，她带来了一个小包裹。

木菲尔困惑地看着它，包裹四四方方、平平展展的。难道苏菲要送给他一本书？

"快打开呀！"苏菲叫道，"你肯定喜欢！"

木菲尔把小礼物打开，里面果真是一本书，一本关于饲养淡水鱼的书。

"只养翻车鱼没意思！"苏菲拿起一个小面包说道。

"打开看看！"大学生米奇俯下身，想好好看看这本关于淡水鱼的书。

一个小时以后，所有的面包都被吃光了。妈妈、纳侯蒂先生和苏菲在厨房玩多米诺游戏。米

奇和木菲尔仍然坐在那儿读有关鱼儿的书。

"我忽然想起了'有奖征集'的广告。"妈妈对苏菲说，"毫无疑问，你赢了。我衷心邀请你来我们家吃午餐！"

　　"太棒了！"苏菲说，"什么时候开始呢？"

　　"嗯，"妈妈回答，"那就从明天开始吧！让我们一直继续下去！"